Casas del mundo

Texto de Stéphanie Ledu
Ilustraciones de Delphine Vaufrey

MOLINO

Seguro que en
tu ciudad no todas
las casas son iguales.

En **todo el mundo**, las personas viven en tipos de casas muy diferentes.

En los países con mucho bosque, como **Suecia**, las viviendas son de madera, porque este material mantiene el calor en invierno.

Y algunos techos están recubiertos de hierba, ya que también les ayuda a protegerse del frío.

En el **Himalaya**, la montaña más alta del planeta, no hay árboles. Allí, construyen las casas de piedra. Los tejados planos sirven de terrazas para cocinar.

Muchas casas **africanas**, cuyos techos se recubren de paja, están construidas con tierra seca.

Pero, en el pueblo de los pastores **masais**, las construyen con barro, ramas y con cacas de vaca.

¡No les hace falta levantar las paredes! En algunas zonas del mundo, los hombres excavan sus casas dentro de la roca blanda de las montañas. Podrás verlas en **Turquía.**

Mira qué casas tienen en
la **isla de Madagascar**,
en **África**.

Los tejados están hechos de hojas secas del árbol del viajero. Los tallos sirven para construir las paredes. Pero son casas tan ligeras que, en caso de tempestad, ¡pueden salir volando!

En **Japón** suele haber terremotos. Algunas casas son de barro, con paredes tan finas que parecen de papel: así, si se derrumban, no es tan peligroso para las personas.

En el inmenso lago **Titicaca**, en **Sudamérica**, todo está hecho con cañas: las barcas, las casas, e incluso las islas.

Pero el agua deshace rápido las plantas. Y todo se debe reparar constantemente, ¡para no hundirse!

¡Oh! Cabañas encima de los árboles...
Están en **Korowai** y en **Kombai**, dos pueblos de **Papúa Nueva Guinea**. Las personas se pasan el día en el bosque. Por la noche duermen cerca del cielo, para estar más protegidos de los animales salvajes y de sus enemigos.

A veces no hay mucho espacio. En el **puerto de Hong Kong**, en **China**, la gente instala sus casas sobre el agua. Otras personas viven en sus barcos, los sampanes.

Algunos pueblos se desplazan continuamente con sus rebaños.

Necesitan casas fáciles de desmontar y transportar. Los **tuaregs**, en **África**, viven en tiendas de campaña...

... y los **mongoles**, en **Asia**, habitan en yurtas redondas hechas con lana.

El iglú es muy conocido. Los **esquimales del polo Norte** los construyen con ladrillos de hielo.

Aunque no viven siempre en los iglús,
sólo cuando se van a la nieve de caza.

¿Te imaginas cómo serán las **casas del futuro**? ¿Te atreves a dibujar la casa en la que te gustaría vivir cuando seas mayor?

En la misma colección **Mini REPORT**

Título original: *Les maisons du monde*
Publicado originalmente en el 2006 por Éditions MILAN.

Santa Perpètua, 12-14 – 08012 Barcelona
Teléfono: 93 217 00 88
www.rbalibros.com / rba-libros@rba.es

Primera edición: abril 2007

Realización editorial: Bonalletra Alcompas, S.L.
Compaginación: Editor Service, S.L.

Referencia: MOPD038
ISBN: 978-84-7871-940-2
Depósito legal: B-17.800-07